EL BARCO
DE VAPOR

El monstruo Malacresta
(Todos menos uno)

Puño

LITERATURA**SM**•COM

Primera edición: enero de 2013
Cuarta edición: julio de 2016

Gerencia editorial: Gabriel Brandariz
Coordinación editorial: Berta Márquez
Coordinación gráfica: Lara Peces

© del texto y las ilustraciones: David Peña Toribio (Puño), 2013
© Ediciones SM, 2015
  Impresores, 2
  Parque Empresarial Prado del Espino
  28660 Boadilla del Monte (Madrid)
  www.grupo-sm.com

ATENCIÓN AL CLIENTE
Tel.: 902 121 323 / 912 080 403
e-mail: clientes@grupo-sm.com

ISBN: 978-84-675-7982-6
Depósito legal: M-7855-2015
Impreso en la UE / *Printed in EU*

A Guadalupe, Carmen y Eusebio.

Como todas las noches
desde hace muchos muchos años,
un poco antes de las nueve en punto,
todos los monstruos salieron a trabajar.

Como todas las noches,
dieron un beso de despedida a sus familias
y salieron de sus escondites
en el fondo de la Gruta Fétida.

Como todas las noches,
los monstruos atravesaron el Bosque Oscuro
y encontraron el camino mágico
que lleva hasta los armarios de los dormitorios
de los niños de la ciudad de Bodenburg.

Y así,
como todas las noches
a las nueve en punto,
las puertas de los armarios
de los dormitorios de los niños
de la ciudad de Bodenburg
se abrieron a la vez
y los monstruos salieron
para hacer su trabajo.

Un soplido frío en las orejas,
un tirón viscoso de las sábanas...

...o un profundo gruñido
debajo de la cama,
bastaban para que todos los niños
de la ciudad de Bodenburg
sintieran cómo un escalofrío de miedo
les subía por la espalda.

Cuando los padres y las madres
de la ciudad de Bodenburg
abrían la puerta de los dormitorios de sus hijos
para tranquilizarlos con un cuento
y un vaso de leche caliente,

los monstruos ya habían vuelto al armario,
habían atravesado el Bosque Oscuro
y estaban entrando en sus escondites
del fondo de la Gruta Fétida...

... donde sus familias
los esperaban para cenar
y descansar hasta el día siguiente.

Todos menos uno.

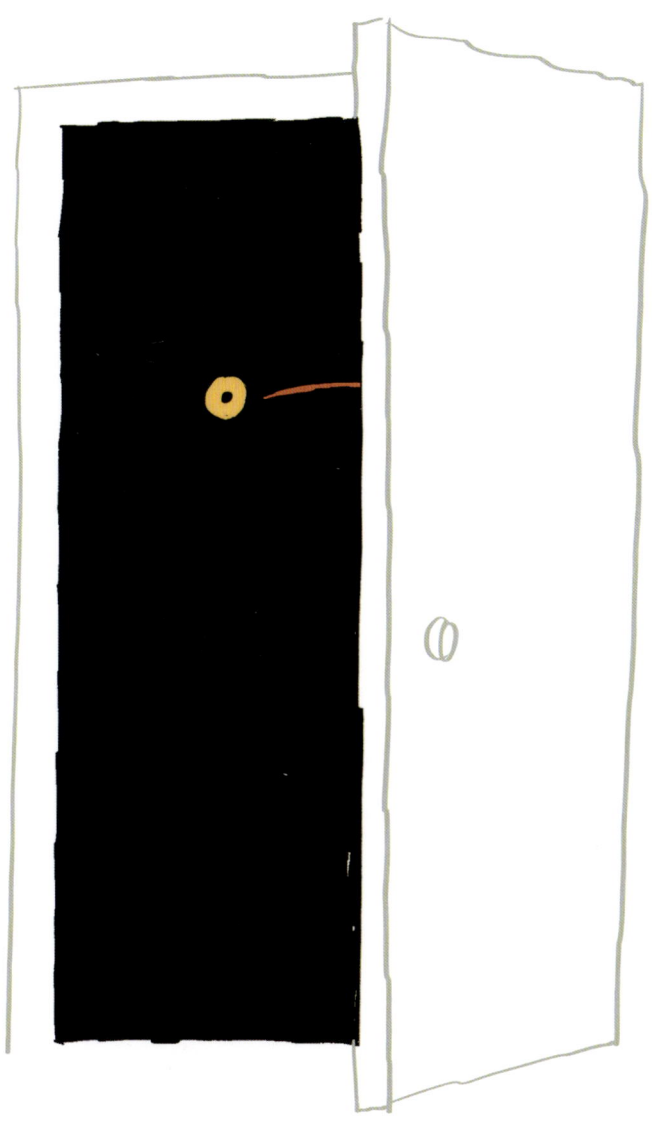

El monstruo Malacresta
no volvió a casa aquella noche.
¡Ni siquiera había salido de su armario!

En lugar de eso,
había abierto un poquito
la puerta del armario
y se había quedado observando
la cálida y confortable habitación,
con su cama blandita
y su vaso de leche caliente
en la mesilla.

Y pensó en el Bosque Oscuro,
pensó en la Gruta Fétida
y pensó en lo húmeda
y sucia que era su guarida.
¡Y también solitaria!
Porque el monstruo Malacresta
tampoco tenía familia.

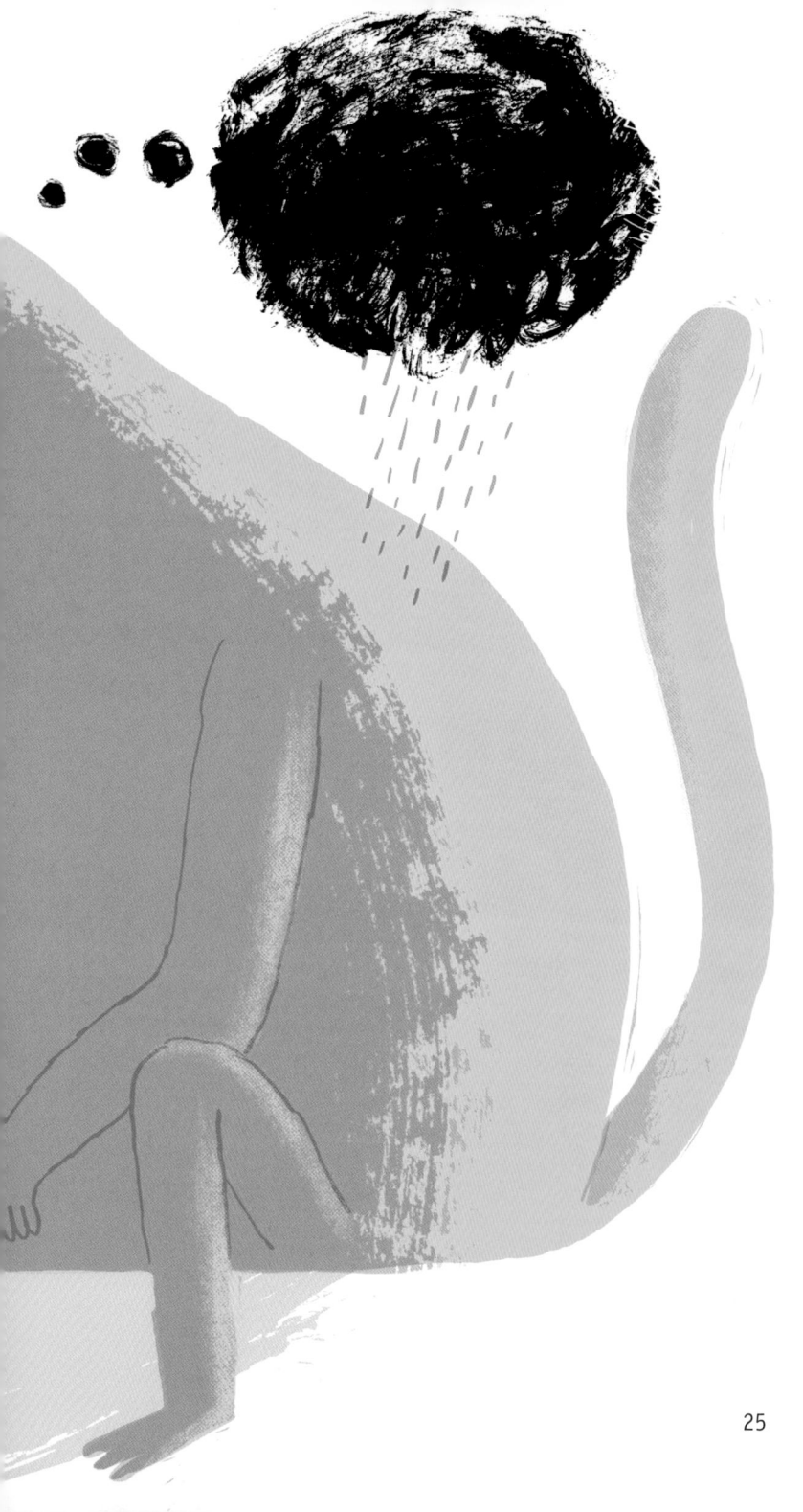

Y es que el monstruo Malacresta
miraba aquella habitación
y se le quitaban las ganas
de asustar a nadie:
a él le gustaría ser un niño
y poder dormir entre cojines
y osos de peluche...

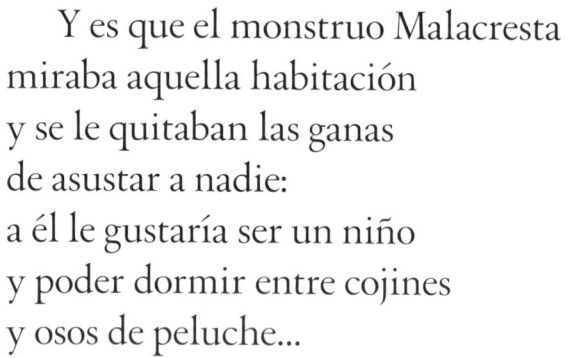

... que le leyeran cuentos antes de dormir,
que le dieran un beso de buenas noches
y leche caliente con miel
cuando tuviera miedo.

Así que, una noche de invierno,
salió del armario de una niña
unos minutos antes de las nueve en punto.
La niña le miró
sin saber muy bien qué decir.

El monstruo Malacresta
la agarró con mucho cuidado
y la encerró en el armario con un libro,
para que no se aburriera.

Entonces, el monstruo Malacresta
se metió en la cama,
que olía a rosas y mandarinas,
se arropó con la manta,
que era caliente como un rayo de sol,
y se acomodó en los cojines,
que eran como nubes de tormenta.

Abrazó con todas sus fuerzas
el suave oso de peluche
y bebió un poco de leche con miel
mientras esperaba a que vinieran
a leerle un cuento
y a darle un beso de buenas noches.

Pero... ¡ay!
Cuando el padre de la niña
abrió la puerta del dormitorio
y vio al monstruo Malacresta
metido en la cama de su hija,
primero se puso verde;
luego, azul,
y después, rojo;

33

Se puso tan furioso
que agarró al monstruo Malacresta por el rabo,
lo hizo girar un par de veces
por encima de su cabeza
y lo lanzó por la ventana.

Por suerte,
aterrizó sobre un montón de hojas secas
que había en el jardín.
¡Aquel padre estaba tan furioso
que el monstruo Malacresta
incluso pasó un poco de miedo!

Derrotado,
el infeliz monstruo se sacudió
las hojas secas con el rabo
y salió de aquel jardín.

Corrió por las oscuras calles
de la ciudad de Bodenburg...

... atravesó veloz el Bosque Oscuro...

... llegó al fondo de la Gruta Fétida...

... y se encerró en su sucio,
húmedo y solitario escondite.

Allí, el monstruo Malacresta
se sentó en su charco favorito,
que era amarillo y naranja
y tenía forma de estrella,
y lloró durante tres semanas seguidas.

Tanto lloró,
que casi se quedó sin lágrimas:
lloró todas sus lágrimas menos una
(lloró hasta la penúltima lágrima).
    «Nunca se sabe para qué
puede hacer falta una lágrima»,
se dijo el monstruo Malacresta.

Cuando pasaron aquellas tres semanas,
el monstruo Malacresta se secó los ojos
con un pañuelo sucio:
había tomado una decisión.

Se miró en el reflejo de su charco favorito
y se dijo a sí mismo:
    «Malacresta,
eres un monstruo y no un niño.
Y como un monstruo
es como tienes que comportarte».

Así que aquella noche,
antes de las nueve en punto,
con gran paso firme,
el monstruo Malacresta
salió de la Gruta Fétida,
cruzó el Bosque Oscuro,
encontró el camino mágico
y se escondió en un armario,
dispuesto a aterrorizar
a todo el que se cruzara en su camino...

... exactamente igual
que todos los demás monstruos.

Pero a las nueve en punto de la noche,
al abrir de una patada la puerta del armario,
rugiendo como un león...

... se encontró algo que no esperaba.

En aquel dormitorio no había un niño.
Tampoco una niña.
En su lugar, había una viejita
pequeña y arrugada como una nuez,
sentada en una vieja mecedora
en una viejísima habitación.

–¿Quién anda ahí? –preguntó la viejita,
que no andaba muy bien de la vista.

El monstruo Malacresta no supo qué decir.

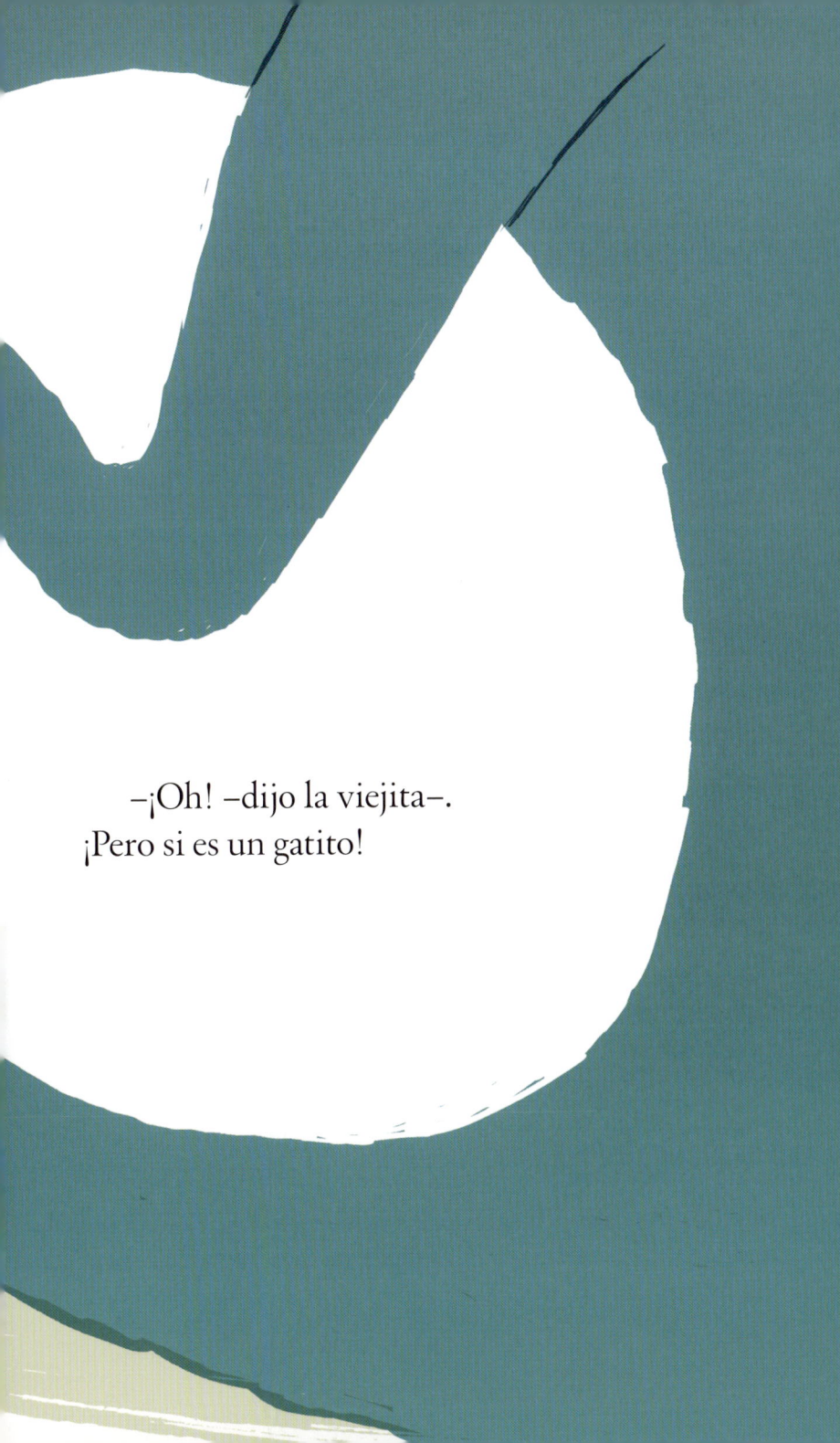

–¡Oh! –dijo la viejita–.
¡Pero si es un gatito!

–Te traeré un poco
de leche caliente con miel
y te contaré un viejo cuento, gatito
–dijo la viejita acariciando
aquella cola peluda,
mientras la última lágrima
del monstruo Malacresta
rodaba por su monstruosa mejilla.

Y esta misma noche,
al igual que todas las demás,
a las nueve en punto...

... todos los monstruos
saldrán de sus escondites
en el fondo de la Gruta Fétida,
atravesarán el Bosque Oscuro
y encontrarán el camino mágico
que lleva hasta los armarios
de la ciudad de Bodenburg...

... para aterrorizar a niños y niñas
con sus sonidos tenebrosos...

... sus aspectos horribles...

... y sus malolientes alientos.

Todos menos uno.

TE CUENTO QUE PUÑO…

… nunca se va a la cama sin un libro y un vaso de leche caliente con miel, y le encantan los monstruos y las películas de miedo. También le gusta observar a los gorriones y a las hormigas. Su lugar preferido es la playa, y su comida favorita, la pizza. Puño escribió la historia del monstruo Malacresta durante un viaje por Holanda, pero el cuento quedó olvidado en un viejo ordenador. Ocho años después, Malacresta apareció por sorpresa y, como Puño se había quedado sin abuela, decidió darle una al monstruo.

Puño tiene bigote y gafas, dos gatas, una bicicleta negra y amarilla y un montón de amigos de todos los colores que hacen que el mundo sea menos gris. Vive en Madrid, donde se dedica a dibujar para los demás y a enseñar cómo tener ideas bonitas y útiles. Sueña con pasar la vida cerca de la playa, en una casa con jardín que tenga un árbol que dé limones y una maceta con perejil.

Si te ha gustado este libro, visita

LITERATURA**SM**•COM

Allí encontrarás:

- Un montón de libros.
- Juegos, descargables y vídeos.
- Concursos, sorteos y propuestas de eventos.

¡Y mucho más!

 Para padres y profesores

- Noticias de actualidad, redes sociales y suscripción al boletín.
- Propuestas de animación a la lectura.
- Fichas de recursos didácticos y actividades.